AF339251

CATALOGUE

D'UNE

BELLE COLLECTION

DE

LIVRES D'ART

ORDRE DES VACATIONS

CONDITIONS DE LA VENTE

Les Acquéreurs payeront, selon l'usage, CINQ POUR CENT en sus des enchères, applicables aux frais de vente.

Les Livres sont vendus COMPLETS ET EN BON ÉTAT, sauf indication contraire. Ils doivent être collationnés sur place et dans les vingt-quatre heures de l'adjudication.

M. A. CHOSSONNERY, Libraire-Expert, chargé de la vente, remplira les Commissions des personnes qui ne pourraient y assister.

CATALOGUE

D'UNE

BELLE COLLECTION

DE

LIVRES D'ART

LIVRES A FIGURES, ARCHITECTURE, SCULPTURE, ORNEMENTS

DONT LA VENTE AURA LIEU

Les Mardi 22 et Mercredi 23 Février

A L'HOTEL DES COMMISSAIRES-PRISEURS

SALLE N° 5 (PREMIER ÉTAGE),

A deux heures de relevée

Par le ministère de M⁰ **JUST ROGUET**, commissaire-priseur,
Boulevard Sébastopol, n° 9,
Assisté de M. Antonin **CHOSSONNERY**, Libraire-Expert.

BIBLIOTHÈQUE NATIONALE
R. F.

La sainte Bible, édit. Curmer. — Gazette des Beaux-Arts. — VIOLLET-LE-DUC. Dictionnaire de l'Architecture. Exempl. sur papier de Hollande. — Dictionnaire du Mobilier, en papier de Hollande. — LABARTE. Les Arts industriels. — Les Arts somptuaires. — GAILHABAUD. Architecture du V⁰ au XVII⁰ siècle. — Monuments anciens et modernes. — Le Moyen âge et la Renaissance, 5 vol. in-4. — DALY. Revue de l'Architecture. — Le Tour du monde. — Art pour tous. — OWEN JONES. The Grammar of Ornament.

PARIS

ANTONIN CHOSSONNERY, SUCCESSEUR DE J.-F. DELION
LIBRAIRE DES BIBLIOTHÈQUES DE L'ARSENAL ET DE LA VILLE DE PARIS,
47, QUAI DES GRANDS-AUGUSTINS, 47

—

1876

CATALOGUE

d'une

BELLE COLLECTION

DE LIVRES D'ART

GRANDS LIVRES A FIGURES

1. La Sainte Bible, traduite sur le latin de la Vulgate par Lemaistre de Sacy. *Paris, Curmer*, 5 vol. in-4, jolies gravures, demi-chagr., r. avec coins, tr. dor.

2. La Vie des saints, illust. en chromolithogr., d'après les anciens manuscrits de tous les siècles, publ. par F. Kellerhoven, texte par Henry de Riancey. *Paris, Bachelin*, s., d., gr. in-4, demi-maroq. r. du Levant, avec coins, tr. dor.

3. La Vie des saints, par Kellerhoven. *Paris, s. d.*, gr. in-8, pl. en chromolith., mar. r., large dent. sur les plats, dent. intér., dos orné, tr. dor.

4. Mémoire sur les instruments de la Passion de N.-S. J.-C., par Ch. Rohault de Fleury. *Paris*, 1870, gr. in-4, fort et beau papier vergé, pl. (23) et nomb. vign., demi-mar. r., tr. sup. dor.

5. L'Imitation de Jésus-Christ. *Paris, Curmer*, 1856. — Appendice à l'Imitation. *Paris*, 1858. — 2 vol. gr. in-8, chromolith., maroq. r. du Levant, large dent. intér., doublé de tabis, tr. dor.

6. OEuvre de Jehan Fouquet. *Paris, Curmer*, 1867, 2 vol.
pet. in-4, pl. en chromolithogr., mar. r. ancien, large
dent. intér., fil. compart., dos orné, doublé de tabis,
tr. dor.

7. Autre exemplaire. 2 vol. in-4, pl. en chromolithogr.,
mar. r. du Levant, dent. intér., doublé de tabis, tr.
dor.

8. L'OEuvre de Boucher, reproduit d'après la gravure des
originaux, par Émile Wattier. *Paris, s. d.*, in-fol., pl.
(64), demi-chagr. r., tr. sup. dor.

9. Portraits des personnages français les plus illustres
du xvie siècle, recueil publié avec notes, par Niel.
Paris, Lenoir, 1848, gr. in-fol., 48 pl., demi-chagr. r.,
tr. supér. dor., non rogn.
Bel exemplaire.

10. Iconographie générale et méthodique du costume du
ive au xixe siècle (315 à 1815). Collection gravée à l'eau-
forte par Raphaël Jacquemin. *Paris, s. d.*, in-fol., pl.
color., demi-chagr. r., dos orné, tête dor., n. rogn.

11. Costumes anciens et modernes de C. Vecellio, pré-
cédés d'un Essai sur la gravure sur bois, par A.-Fir-
min Didot. *Paris, Didot frères*, 1860, 2 vol. pet. in-8,
fig., br.

12. Institutions, usages et costumes, France (1700 à
1789), ouvrage illustré de 21 chromolithogr. et 350 gravures sur bois, publ. par M. P. Lacroix. *Paris, Didot*,
1875, gr. in-8, br.

13. Les Arts somptuaires. Histoire du costume et de
l'ameublement et des arts qui s'y rattachent, publ. sous
la direction de Hangard-Maugé, dessins de Cl. Ciappori, texte rédigé par Louandre. *Paris*, 1857-1858,
2 tomes en 1 vol. pour le texte, et 2 vol. d'album com-

prenant 320 pl. en chromolithographie, dos et coins de
mar. r. du Levant, tr. supér. dor., n. rogn.

14. Les Collections célèbres d'œuvres d'art, dessinées et
gravées d'après les originaux, par Ed. Lièvre. *Paris,*
1866, 2 vol. in-fol., planches, dem.-chagr. rou., avec
coins, tr. supér. dor., n. rogn.

15. Les Collections célèbres d'œuvres d'art, dessins et
gravures d'après les originaux, par E. Lièvre; textes
historiques et descriptifs, par MM. de Saulcy, Clé-
ment de Ris, du Sommerard, Barbet de Jouy, Alfr.
Darcel, Ed. Fournier, etc. *Paris, Goupil,* 1866, 2 vol.
gr. in-fol., demi-mar. r. du Levant, avec coins, tête
dor., n. rogn.

Édition de luxe sur grand papier de Hollande. (TRÈS-RARE.)

16. Souvenirs du musée des monuments français; collection de quarante dessins perspectifs dessinés par
M. J.-E. Biet et gravés par MM. Normand père et fils,
texte par J.-P. Brès. *Paris,* 1821, in-folio, demi-rel.
toile.

17. Musée religieux, par Réveil. *Paris, Audot,* 1836,
4 vol. in-12, fig., br.

18. Les Vierges de Raphaël. *Paris, Furne,* gr. in-fol.,
12 pl. tirées sur chine, dans un cart.

19. Lamartine (A. de). Le Lac, compositions et eaux-
fortes par Alex. de Bar. *Paris, Curmer,* 1860, 1 vol.
gr. in-4, épreuves sur chine, dem.-chagr. r., avec
coins, dos orné, tête dor., n. rog. (*Epuisé.*)

20. La Fable de Psyché et l'Amour, par Raphaël. *Paris,*
1868, gr. in-4, demi-chagr. r., tr. supér. dor.

Trente-deux compositions gravées au trait par Marchais.

BEAUX-ARTS

—

Généralités.

21. Philosophie des beaux-arts appliquée à la peinture, par David Sutter. *Paris*, 1870, in-8, demi-chagr. rou., tr. supér. dor., n. rogn.

22. Nouvelle Théorie simplifiée de la perspective, par David Sutter. *Paris, Morel, s. d.*, gr. in-4, demi-chagr. r., tr. supér. dor., non rogn.
    Cet ouvrage comprend 60 planches gravées sur acier et 50 pages de texte.

23. Histoire de l'art monumental dans l'antiquité et au moyen âge, suivi d'un Traité sur la peinture sur verre, par Batissier. *Paris, Furne*, 1860, gr. in-8, fig., br.

24. Dictionnaire des antiquités chrétiennes, par l'abbé Martigny. *Paris, Hachette*, 1865, gr. in-8, 270 grav., br.

25. Collection Basilewsky, catalogue raisonné, précédé d'un Essai sur les arts industriels, du 1er au xvie siècle, par Darcel et Basilewsky. *Paris*, 1874, 2 vol. in-4, dont 1 de pl., dos et coins de mar. r., tr. supér. dor.
    Exempl. en papier de Hollande.

26. Collection Basilewsky, catalogue, raisonné, précédé d'un Essai sur les arts industrieis, du 1er au xvie siècle, par Darcel et Basilewsky. *Paris*, 1874, gr. in-4, pl. chromolihogr., chagr. rou., dent. int., tr. sup. dor., n. r.

27. Archives de la Commission des monuments historiques. Gr. in-fol., livr. 1 à 129, dans un cart.

28. Nouveaux Mélanges d'archéologie, d'histoire et de littérature, sur le moyen âge, publ. par le P. Cahier. *Paris, Didot*, 1874-75, 3 vol. in-4, pl., dem.-chagr. r., dos orné, tr. sup. dor., n. r.

'29. Suite aux Mélanges d'archéologie, par les PP. Cahier et Martin. *Paris*, 1868, 2 vol. in-4 de 250 pl. impr. en bistre, dem.-chagr., tr. sup. dor.

30. Concours de l'École des beaux-arts, médailles et mentions, dessinés d'après les originaux par Boussard, gravés à l'eau-forte par Boussard et Guillaumot. *Paris*, 1874-75, in-4, dos et coins, dem.-chagr. r., tr. supér. dor. (*La 2e série est cart.*)

Dictionnaires, Revues, Journaux.

31. Dictionnaire raisonné de l'architecture française, du XIe au XVIe siècle, par Viollet-le-Duc. *Paris, Morel*, 1854-1868, 10 vol. in-8, fig., dem.-rel.

32. Dictionnaire raisonné de l'architecture française, du XIe au XVIe siècle, par E. Viollet-Le-Duc. *Paris*, 1864 à 1868, 10 vol. gr. in-8, dos et coins dem.-mar. r. du Levant, tr. supér. dor.
   Exemplaire en GRAND PAPIER, très-rare, l'édition étant épuisée.

33. Dictionnaire raisonné du mobilier français de l'époque carlovingienne à la Renaissance, par Viollet-le-Duc. *Paris*, 1858-75, 6 vol. gr. in-8, dem.-chagr. r., tr. supér. dor., n. r.

34. Dictionnaire raisonné du mobilier français, par Viollet-le-Duc. *Paris*, 1858-75, 6 vol., gr. in-8, dos et coins de maroq. r. du Levant, tr. supér. dor., n. r.
   Exemplaire en grand papier, TRÈS-RARE.

35. Dictionnaire raisonné du mobilier français, par Viollet-le-Duc. *Paris*, 1872-74, 6 vol. in-8 raisin, dem.-chagr. r., tr. sup. dor.

Exemplaire en grand papier de Hollande.

36. Dictionnaire technologique français-anglais-allemand; rédigé d'après les meilleurs ouvrages spéciaux des trois langues, par Gardissal et Tolhausen. *Paris*, 1864, 3 vol. in-12, cart. toile.

37. Dictionnaire biographique des artistes français du xii⁰ au xvii⁰ siècle, par A. Bérard. *Paris, Dumoulin*, 1872, in-8, dem.-mar. r., tr. supér. dor., n. r.

38. Dictionnaire des architectes français, par Adolphe Lance. *Paris*, 1872, 2 vol. gr. in-8, pl. (27), dem.-chagr. r.

39. Revue générale de l'architecture et des travaux publics, publ. par César Daly, années 1840 à 1874. Ens. 31 vol. in-4, dem.-bas. viol.

40. Encyclopédie d'architecture, d'après les dessins de M. Victor Calliat, texte par Ad. Lance. *Paris*, 1851-1862, 12 vol. in-4, pl., dem.-chagr. r., avec coins, n. r.

Ce recueil se compose de plus de 1400 planches gravées par les meilleurs artistes.

41. Encyclopédie d'architecture, revue mensuelle des travaux publics et particuliers. *Paris*, 1872-1875, 2⁰ série, 4 vol. in-4, planches, demi-chagr. r., tr. supér. dor., n. r.

42. Gazette des architectes et du bâtiment, revue publiée par M. Viollet-le Duc fils et Corroyer. *Paris, s. d.*, de la première année (1863) à 1875, 11 vol. in-4, fig., demi-chagr. r., tr. supér. dor.

Le tome II est broché.

43. Gazette des Beaux-Arts, années 1859 à 1872. Annuaire pour l'année 1869. Ens. 27 vol. in-4, fig., demi-mar. r. du Levant, avec coins, tête dor., n. r.

44. Gazette des Beaux-Arts, année 1868, 2 vol. in-4, fig.
et pl., br.

45. L'Art pour tous, encyclopédie de l'art industriel et
décoratif, par Em. Reiber et Cl. Sauvageot. *Paris,
Morel*, 1861-73, 12 tomes en 3 vol. in-fol., demi-chagr.
r. avec coins, tr. supér. dor.

46. Journal de menuiserie. *Paris*, 1863-75, 12 vol. in-4,
pl., demi-chagr. r., tr. supér. dor.
Collection complète. (Les deux dernières années sont cart.)

47. Journal de serrurerie. *Paris*, 1874-75, 2 vol. in-4,
demi-chagr. r. et cart.

48. Le Magasin pittoresque, publ. par Ed. Charton,
années 1833 à 1872. 20 vol. in-4, fig., demi-chagr.,
dos orné.

49. Le Tour du monde, nouveau journal des voyages,
publ. par E. Charton, années 1860 à 1874, en 14 vol.
in-4, fig., demi-chagr. r., dos orné.

Architecture.

PALAIS, MONUMENTS.

50. Livre nouveau ou règle des cinq ordres d'architecture, par Jacques Barozzio de Vignole, nouvellement
revu par M. B***, architecte du roy. Avec plusieurs
morceaux de Michel-Ange, Vitruve, Mansard et autres
célèbres architectes, tant anciens que modernes. Le
tout enrichi de cartels, culs-de-lampe, paysages, fi-
gures et vignettes, le tout d'après MM. Blondel, Cochin
et Babel, graveurs et dessinateurs du roy. *Paris*, 1757,
in-fol., 109 planches, bas. (*Mouillures.*)
Les planches 42, 67, 83, 85, 107, 108 manquent.

51. OEuvres complètes de Jacques Barozzi de Vignole,
publiées par H. Lebas et F. Debret, architectes. In-fol.,
83 planch., dem.-rel. toile.

52. Vitruvii de Architectura libri decem. *Roma*, 1866,
4 vol. gr. in-fol., pl., en carton.
Exemplaire en papier de Hollande.

53. Les dix livres d'architecture de Vitruve, avec les
notes de Perrault, publ. par E. Tardieu et A. Coussin.
Paris, 1859, 3 tomes en 2 vol. in-4 dont 1 vol. d'atlas.

54. Traité d'architecture, par Léonce Regnaud. *Paris*,
1867-70, 2 vol. in-4 de texte et 2 vol. in-fol. d'atlas,
cart. en toile.

55. Traité théorique et pratique de l'art de bâtir, par
Jean Rondelet. *Paris*, *Didot*, 1864, 5 tomes en 3 vol.
in-4, 2 tomes de supplément en 1 vol. et 2 vol.
d'atlas gr. in-fol., demi-chagr. r., tr. supér. dor.

56. Traité historique et descriptif, critique, raisonné des
ordres d'architecture, accompagné d'une biographie
des architectes et d'un vocabulaire universel, par de
Saint-Félix. *Paris*, 1845, in-4, 32 pl.

57. Guide des architectes, vérificateurs, entrepreneurs
et de toutes les personnes qui font bâtir, par Lejuste.
Paris, 1848, in-4, br.

58. Choix d'édifices publics construits ou projetés en
France, extraits des archives du Conseil des bâtiments
civils, publiés par Gourlier, Biet, Grillon et Tardieu.
Paris, 1825 à 1850, 3 vol. in-fol., demi-chagr. r., tr.
supér. dor., pl. (388).

59. L'Architecture du Ve au XVIIe siècle et les Arts qui en
dépendent, par Gailhabaud. *Paris*, *Morel*, 1869-72,
4 vol. in-fol. de plus de 400 planches gravées ou
en couleurs, demi-chagr. r., tr. supér. dor., n. r.

60. Palais, Châteaux, Hôtels et Maisons de France du xve au xviiie siècle, par Claude Sauvageot. *Paris*, 1867, 4 vol. gr. in-4, pl., demi-chagr. r., tr. supér. dor., n. r.

61. Palais, Châteaux, Hôtels et Maisons de France du xve au xviiie siècle, par M. Claude Sauvageot. *Paris*, 1867. 4 v. in-fol., pl., dos et coins de mar. r. du Levant, tr. supér. dor., n. r.

Un des 20 exemplaires tirés en grand papier. TRÈS-RARE.

62. Monuments anciens et modernes, collection formant une histoire de l'architecture des différents peuples à toutes les époques, par J. Gailhabaud. *Paris, Didot*, 1865-70, 4 vol. in-4, planches (400), demi-chagr. r., tr. supér. dor., n. r.

63. Essai sur l'architecture militaire au moyen âge, par Viollet-le-Duc. *Paris*, 1854, gr. in-8, fig., demi-mar. noir.

64. Mémoire sur la défense de Paris (1870-1871), par E. Viollet-le-Duc. *Paris*, 1871, 1 vol. in-8 de texte et 1 atlas in-4, demi-rel. chagr. r., tr. supér. dor.

65. Architecture civile et domestique au moyen âge et à la renaissance, dess. et décrite par Aymar Verdier et par le docteur Cattois. *Paris, Didron*, 1855-57, 2 vol. in-4, pl., demi-chagr. avec coins, dos orné, tête dor., n. r.

Très-rare.

66. Architecture communale, par Félix Narjoux. *Paris*, 1870, 2 vol. in-4, 150 pl., demi-mar. r. anc., tr. supér. dor.

67. Traité des constructions rurales, par Ernest Bosc. *Paris*, 1875, gr. in-8, fig., demi-chagr. r., tr. supér. dor., n. r.

68. Les plus exellents bastiments de France, par J.-A.

du Cerceau, sous la direction de M. H. Destailleur, architecte, gravés en fac-simile, par Faure Dujarric, architecte. *Paris*, 1872, in-fol. en feuilles, nombr. pl. dans un carton.

Nous n'avons de cet ouvrage que le 2ᵉ volume.

69. Palais du Louvre et des Tuileries, motifs de décorations intérieures et extérieures, par Baldus. *Paris, Morel, s. d.*, 2 vol. in-4, pl. (200), demi-chagr. r., tr. dor.

70. Hôtel de Ville de Paris, mesuré, dessiné, gravé et publ. par V. Calliat. *Paris*, 1844, gr. in-fol., demi-chagr. (*fatigué*).

71. Arc de Triomphe de l'Étoile, par J.-D. Thierry, architecte. *Paris,* 1845, texte et pl. in-fol. dans un carton

72. Arc de Triomphe de l'Étoile, par Thierry. *Paris*, 1845, gr. in-fol., 26 pl., dans un cart.

73. Les théâtres de la place du Châtelet (théâtre du Châtelet, théâtre Lyrique), publ. par MM. César Daly, Gabr. Davioud. *Paris, s. d.*, gr. in-4, demi-chagr. r., tr. supér. dor., dos orné, n. r.

74. Monographie des Halles centrales de Paris, par V. Baltard et feu F. Callet. *Paris*, 1863, texte et pl., dans un carton in-fol.

75. Fontaines monumentales construites à Paris, et projetées pour Bordeaux, par Ludov. Visconti, architecte, et publ. par L. Visconti. *Paris*, 1860, texte et pl., dans 1 cart. gr. in-fol. atlant.

76. L'Architecture privée au xixᵉ siècle. Nouvelles maisons de Paris et des environs, par César Daly. *Paris*, 1870, 3 vol. in-fol., pl., demi-chagr. r., tr. sup. dor., n. rog.

77. Parallèle des maisons de Paris construites depuis
1850 jusqu'à nos jours, publ. par Victor Calliat. *Paris,*
1857-64. 2 vol. in-fol. de 246 pl., demi-chagr. r., tr.
supér. dor.

78. Monographie du palais de Fontainebleau, dessiné par
Pfnor, accompagné d'un texte explicatif par Champol-
lion-Figeac. *Paris,* 1863. 2 vol. in-fol. de 145 pl. dont
5 en chromolith., dos et coins demi-mar. r. du Levant,
tr. supér. dor., non rogn.

   1re édition, grand blanc. Tiré à 20 exemplaires. (Épuisé.)

79. Le même ouvrage, 2 vol. in-fol., demi-mar. r., tr.
supér. dor.

   Exemplaire petit chine. (Épuisé.)

80. Le Château de Blois (extérieur et intérieur), texte
historique et descriptif par E. Le Bail. *Paris,* 1875. gr.
in-4, planches photog. et chromolithog. or et couleurs,
demi-chagr. r., tête dor., n. rog., dos orné.

   Bel exemplaire.

81. Monographie de l'hôtel de ville de Lyon, par Tony
Desjardins. *Lyon, imprimerie L. Perrin,* 1867, gr.
in-fol. de 76 pl. grav. ou en coul., demi-chagr. r., tr.
supér. dor.

82. Monographie de l'hôtel de ville de Lyon, par Tony
Desjardins. *Paris, Morel,* 1867, in-fol., pl. et chromolith., dos et coins de maroq. r. du Levant, tr. supér.
dor., n. rogné.

   Exempl. en grand papier chine.

83. Monographie du palais du Commerce élevé à Lyon,
par René Dardel. *Lyon, imprimerie L. Perrin,* 1868,
in-fol., 48 pl. grav. ou en coul., demi-chagr. r., tr. supér. dor., n. rogn.

84. Monographie du palais du Commerce élevé à Lyon,
par René Dardel. *Lyon,* 1868, in-fol., 48 pl. grav. ou

en coul., demi-maroq r. du Levant, avec coins, **tr. sup.**
dor., n. rog.

> Exempl. en grand papier, sur chine.

85. Monographie de Chevreuse. Etude archéologique par
Claude Sauvageot. *Paris*, 1874, gr. in-4, grav. sur
bois (23) et pl. (26), demi-chagr. r., tr. supér. dor.,
non rogné.

86. Monographie du château d'Anet, construit par Phili-
bert de L'Orme en 1548, dessiné, gravé par Rod.
Pfnor. *Paris*, 1867, gr. in-fol., pl., demi-chagr. rou., tr.
supér. dor., n. r.

87. Musée des monuments français, par Lenoir. **Paris,**
1800-21, 8 vol. in-8, fig., cart., n. rogné.

> Très-rare.

88. Entretiens sur l'architecture, par Viollet-le-Duc.
Paris, Morel, 1863-73, 3 vol. gr. in-8 illustrés de 200
gravures sur bois et atlas, dos et coins demi-chagr. r.,
tr. supér. dor., n. rogn.

ÉDIFICES RELIGIEUX.

89. Monuments de l'architecture chrétienne, par le docteur Hubsch, trad. de l'allemand par l'abbé Guerber.
Paris, 1866, gr. in-fol. de 63 pl. gravées, teintées et
chromolith., demi-chagr. r., tr. supér. dor., n. rogn.

90. Les Trois Ages de l'architecture gothique, son origine, sa théorie, démontrées et représentées par des
exemples choisis à Ratisbonne, rédigés par Just Poppe
et Th. Buleau. *Paris*, 1841, texte et pl. en 1 vol. in-fol.,
demi-rel. toile.

> Très-rare.

91. La Sainte-Chapelle de Paris après les restaurations,

par Duban, Lassus et Calliat. *Paris*, 1857, in-fol., pl.,
demi-chagr. vert, avec coins, n. rogné.

92. Histoire archéologique, descriptive et graphique de
la Sainte-Chapelle du Palais, par Decloux et Doury,
Paris, 1865, in-fol., 25 pl. gravées ou chromolithog.,
demi-chag. r., tr. supér. dor.

93. Monographie de Notre-Dame de Paris et de la nouvelle sacristie, par Lassus et E. Viollet-le-Duc. *Paris*,
s. d., gr. in-fol., pl. (80).

    Exemplaire en feuilles, dans un carton.

94. Chapelles de Notre-Dame de Paris. Peintures mu-
rales exécutées sur les cartons de E. Viollet-le-Duc,
relevées par Maurice Ouradou. *Paris*, 1870, in-fol.,
pl. en couleurs (62), demi-mar. r., tr. supér. dor.

95. L'Eglise et le Monastère du Val-de-Grâce, par Ru-
prich-Robert. *Paris*, 1875, in-4, 15 pl., demi-chagr. r.,
tr. supér. dor., n. rogné.

96. Eglise Saint-Eustache à Paris, par Victor Calliat.
Paris, 1850, gr. in-fol., pl. (11), cart.

97. Monographie de la cathédrale de Bourges, par les
PP. Martin et Ch. Cahier; 2ᵉ édit. *Paris*, 1841 à 1844,
pl. chromolith., gr. in-fol., mar. r. du Levant, avec
coins, tr. supér. dor., n. r. (*Quelques planches mouill.*)

    Bel exempl. de cette édition très-rare.

98. Stalles du chœur de la cathédr. d'Auch, texte et
dessins par L. Sancet. *Paris*, 1862, in-fol. de 60 pl.,
demi-chagr. r., tr. sup. dor., n. rogné.

99. Eglises de bourgs et villages, par de Baudot. *Paris*,
1867, 2 vol. in-4, 150 pl., demi-chagr. (*Rare.*)

100. Architecture romane du midi de la France, dessinée
et décrite par H. Révoil. *Paris*, 1873, 3 vol. in-fol., bois
gravés dans le texte et 214 planches, demi-chagr. r.,
tr. sup. dor.

101. Monuments funéraires choisis dans les cimetières de Paris et des principales villes de France, dessinés et gravés par L. Normand aîné. *Paris, Morel,* 1863, 2 parties en 1 vol. in-fol. de 144 pl., demi-chagr. r., tr. sup. dor., non rogné.

Architecture des pays étrangers.

102. L'Architecture des nations étrangères. Étude sur les constructions du parc à l'Exposition universelle de Paris en 1867, par Alfred Normand. *Paris,* 1870, in-fol., pl. grav. et color. (73), demi-chagr. r., tr. sup. dor.

103. Monuments d'architecture, de sculpture et de peinture de l'Allemagne, publiés par Forster et de Suckau. *Paris,* 1859-65, 8 vol. gr. in-4, pl., demi-chagr., tr. sup. dor.

    Architecture, 4 vol. — Peinture, 2 vol. — Sculpture, 2 vol.

104. Monographie du château de Heidelberg, dessiné et gravé par R. Pfnor, texte par D. Ramée. *Paris,* 1859, gr. in-fol. de 24 p., demi-chagr. r., tr. supér. dor.

105. Les Constructions en bois de la Suisse, par Ernst Gladbach. *Paris,* 1870, in-fol., illustré de 78 bois grav. et 40 pl., demi-chagr. r., tr. supér. dor.

106. L'Architecture pittoresque en Suisse, ou Choix de constructions rustiques, dessinées et gravées par Varin. *Paris,* 1873, gr. in-4, 48 pl., demi-chagr. r., tr. supér. dor., non rogn.

107. Excursion en Italie, par Adolphe Lance. 2e édition. *Paris,* 1873, gr. in-8, pap. vergé, 15 eaux-fortes par Gaucherel, demi-chagr. r., tr. supér. dor.

108. Édifices de Rome moderne, ou Recueil de palais, maisons, églises, couvents, etc., de la ville de Rome,

par Letarouilly. *Paris,* 1866, 1 vol. in-4 de texte et
3 vol. gr. in-fol. de 355 pl., demi-chagr. r., tr. supér.
dor.

109. Choix des plus célèbres maisons de plaisance de
Rome et de ses environs, par Percier et Fontaine.
Paris, Didot, 1824, gr. in-fol., pl., demi-chagr. r.,
tr. supér. dor., non rogné.

110. Les Monuments de Pise au moyen âge, par G. Rohault de Fleury. *Paris,* 1866, 1 vol. in-8 de texte et
atlas in-fol. de 66 pl., demi-chagr. br., tr. supér. dor.

111. La Toscane au moyen âge, architecture civile et militaire, par Georges Rohault de Fleury. *Paris, Lacroix,*
1870-73, 2 vol. in-fol., pl., demi-chagr. r., tr. supér.
dor.

112. Lettres sur la Toscane en 1400, architecture civile
et militaire, par M. Rohault de Fleury. *Paris,* 1874,
2 vol. in-8, br.

113. Vue des ruines de Pompéi, d'après l'ouvrage publié
à Londres, en 1819, par sir William Gell et Gandy.
Paris, 1827, in-4, 125 pl., demi-rel. toile

114. Herculanum et Pompéi, recueil général de peintures,
bronzes, mosaïques, etc., publ. par L. Barre et Roux
aîné. *Paris, Didot,* 1862-1863, 8 vol. gr. in-8, cart.,
non rog.

Cet ouvrage est illustré de plus de 700 planches gravées sur acier.
Le 8e volume est consacré au *Musée secret.*

115. Grand Autel des douze dieux, par Arosa. *Paris,* 1870,
in-fol., 6 planches en feuilles, dans un carton. (*Épuisé.*)

116. Le Théâtre Moratin, construit à Madrid, par
MM. Chauderlot et Festeau. *Paris. Morel, s. d.,* in-fol.
pl., en carton.

117. Les Arts arabes, architecture, menuiserie, bronzes,

plafonds, etc., par J. Bourgoin. *Paris*, 1873, in-folio,
demi-chag. rou., tr. supér. dor.

> L'ouvrage se compose d'un texte explicatif avec gravures inter-
> calées et de 92 planches gravées ou chromolithographiées.

118. Voyage dans la péninsule arabique, au Sinaï et dans
l'Égypte moderne. Histoire, géographie, épigraphie, par
Lottin de Laval. *Paris*, 1873, 1 vol. in-4 de texte et 1 v.
in-fol. atlas, demi-chag. rou., tr. supér. dor.

119. Architecture et Décoration turques au xv° siècle, par
L. Parvillée. *Paris*, 1874, in-fol., demi-chagr. rou., tr.
supér. dor., non rogn.

120. Monuments modernes de la Perse, par P. Coste.
Paris, 1867, gr. in-fol., 71 pl., dans un carton.

121. L'Architecture byzantine, recueil de monuments
des premiers temps du christianisme en Orient, par
Ch. Texier et R. Popplevel-Pullan. *Londres*, 1864,
in-fol., cart. en toile, ornem. sur les plats.

> Cet ouvrage comprend 200 pages de texte illustrées de 14 bois
> gravés et 70 planches dont 14 en couleur.

122. Voyage en Orient, par Roger de Scitivaux, orné de
25 lithogr., par J. Laurens. *Paris*, 1873, in-f., cart.

Peinture, Sculpture.

123. Musée de peinture et de sculpture. Recueil des prin-
cipaux tableaux, statues et bas-reliefs des collections
publiques et particulières de l'Europe, par Réveil.
Paris, 1872, 10 vol. gr. in-18, contenant 1,170 planch.,
demi-chagr. r., tête dor., non rogn.

124. Les Chefs-d'œuvre de la peinture italienne, par
Paul Mantz, ouvrage contenant 20 pl. chromo-lithogr.
exécutées par F. Kellerhoven, 30 pl. sur bois et 40 culs-

de-lampe et lettres ornées. *Paris, Didot*, 1870, 1 vol.
gr. in-4, dem.-ch. r., dos orné, tr. sup. dor., non rog.

125. Les Dieux et Demi-Dieux de la peinture, par
MM. Théoph. Gautier, Ars. Houssaye et P. de Saint-
Victor, illustré par M. Calamatta, demi-chagr. rou.,
avec coins, dos orné, tête dor., non rogn.

126. Grand Armorial des Papes, par le baron E. de La
Villestreux. *Paris, s. d.*, in-fol., blasons color., demi-
chagr. r., tr. supér. dor., n. rogné.

    Ouvrage tiré à TRÈS-PETIT NOMBRE et non mis dans le commerce.

127. Cent statues, dessinées et gravées à Rome en 1638
par F.-B. Perrier. *Paris, s. d.*, in-4, demi-chagr. r.,
tr. supér. dor., n. rogné.

128. Fragments d'architecture et de sculpture, dessinés
d'après nature et autographiés par G. Bourgerel. *Paris,*
1863, in-fol., 101 pl., demi-chagr. r., tr. supér. dor.,
n. rog.

129. Recueil de sculptures gothiques, dessinées et gravées par Adams. *Paris*, 1866, 2 vol. in-4, 192 planches,
demi-chagr. r., tr. supér. dor.

130. OEuvre de Jean Goujon, gravé d'après ses statues
et ses bas-reliefs, par Réveil. *Paris*, 1868, in-fol. de 88
pl., demi-chagr. v.

131. OEuvre de Flaxman, sculpteur anglais. *Paris, s. d.*,
in-fol. 150 pl., demi-chagr. r., non rogné.

Ornements.

132. Grammaire de l'ornement, par Owen Jones. *Londres,*
s. d., in-4, 112 pl. chromolith., demi-chagr. r., dos orné,
ébarb.

133. Ornements des manuscrits classés dans l'ordre
chronologique et selon les styles divers qui se sont
succédé depuis le VIIe jusqu'au XVIe siècle, et reproduits
en couleurs par Ch. Mathieu. *Paris, Morel,* 1867, petit
in-8, mar. r. anc., dent. intér., doublé de tabis, fermoirs
et plaques en argent, renfermé dans un étui cart. doublé
de soie bleue.

134. Motifs historiques d'architecture et de sculpture
d'ornement, par César Daly. *Paris,* 1870, 2 vol. in-fol.,
planches, demi-chagr. r., dos orné, tr. supér. dor. non
rogné.

135. Journal-Manuel de peinture, appliquées à la décoration des monuments, appartements, magasins, etc.,
par une société de peintres-décorateurs, rédigé par
Pierre Chabat. *Paris,* 1850 à 1869, 20 tomes (1 à 20)
en 5 vol. in-fol., fig. noires et color., demi-mar. r., tr.
supér. dor.

136. Les Arts décoratifs à toutes les époques, par Ed.
Lelièvre. *Paris,* 1870, 2 vol. in-fol. de 120 pl. gravées
sur chine ou en couleurs, demi-chagr. r., tr. supér. dor.

137. L'Art décoratif. Modèles de décoration et d'ornementation de tous les styles et de toutes les époques,
choisis dans les œuvres des plus célèbres artistes, par
Godef. Ume. *Liége, Claesen, s. d.,* in-fol., pl., en cart.

138. Exemples de décoration appliqués à l'architecture
et à la peinture, depuis l'antiquité jusqu'à nos jours,
par Léon Gaucherel. *Paris,* 1857, in-4 de 120 planches,
demi-chagr. r., tr. supér. dor

139. Inventions décoratives, choix de compositions et
de motifs d'ornementation., par L Solon. *Paris,* 1866,
in-fol., 50 pl. gravées à l'eau-forte, demi-chagr. r.,
tr. supér. dor., n. r.

140. Etudes théoriques et pratiques d'architecture et

d'ornement, texte explicatif italien et français par
L. Cadorin. 28 pl. in-fol., demi-ch. La Vallière.

141. La Renaissance monumentale en France, spéci-
mens de composition et d'ornementation, par Ad. Berty.
Paris, 1864, 2 vol. in-4, 100 pl., demi-chag., tr. supér.
dor.

142. La Renaissance monumentale en France, par Berty.
Paris, 1864, 2 vol. in-4, pl., demi-mar. r. du Levant,
avec coins, tr. supér. dor., n. r.
Exemplaire sur chine. TRÈS-RARE.

143. Collection des plus belles compositions de Le-
pautre, par Decloux et Doury. *Paris*, *Noblet*, in-fol. de
100 pl. gravées, demi-chag. r., tr. supér. dor.

144. Ornements tirés des quatre écoles, par Martin Riester. 3 séries, comprenant 830 pl. — Recueil d'ornements
et de meubles dans le style du xviᵉ siècle, par Feu-
chère et Reynier. 30 pl. et 2 vol. gros in-4, demi-ch.
rouge, tr. supér. dor., n. rog.

145. L'Ornement polychrome, recueil historique et pratique, par Racinet. *Paris*, *Didot*, *s. d.*, gr. in-4, demi-
chag. r., tr. supér. dor.
Cet ouvrage se compose de 100 planches en couleurs, or ou
argent, contenant environ 2,000 motifs de tous les styles : arts ancien
et asiatique, moyen âge, Renaissance, xviiᵉ et xviiiᵉ siècles, etc.

146. Etudes de décorations du xviᵉ au xixᵉ siècle, dessinées par Rodolphe Pfnor. *Paris*, 1873, in-fol., pl.,
cart.

147. Décorations intérieures et Meubles des époques
Louis XIII et Louis XIV, par Louis Adam. *Paris*, 1865,
in-fol., 100 pl. gravées sur acier, demi-chagr. rou., tr.
supér. dor., n. rog.

148. Décorations intérieures, style Louis XIV, compo-
sées par Jean Bérain. In-fol., 30 pl., cart.

149. Décorations intérieures, époque Louis XVI, frises, dessus de porte, panneaux, attributs, etc., par Queverdo. *Paris, s. d.*, in-fol. de 20 pl., demi-chagr. rou., tr. sup. dor.

150. Architecture, Décoration et Ameublement, époque Louis XVI, dessiné et gravé, avec texte descriptif, par Pfnor. *Paris*, 1865, in-fol. de 50 pl., demi-chagr. rou., tr. supér. dor., n. rogn.

151. L'Art architectural décoratif, industriel et somptuaire de l'époque Louis XVI, recueil de 300 planches inédites, photolithogr. d'après les estampes originales de la Bibliothèque royale de Belgique, texte par Aug. Schoy. *Liége, Claesen*, 5 vol. in-fol., en cart.

152. L'Ornementation au xixᵉ siècle, contenant des compositions de Michel Liénard, Gsell, Rambert. etc., gravées ou lithographiées par Riester, Varin, etc. *Paris*, 1870, in-fol. de 23 pl., demi-chagr. rou., tr. supér. dor., n. rog.

153. Histoire de l'ornement russe, du xᵉ au xviᵉ siècle, d'après les manuscrits, par de Boutowski. *Paris, Morel*, 1870, 2 vol. in-fol. de 200 planches en couleurs, dem.-chagr. rou., tr. supér. dor.

154. Motifs de décoration, 50 pl. imprimées en couleurs, extraites du journal *Manuel de peinture. Paris, s. d.*, in-fol., cart. en toile, tr. sup. dor., n. rogné.

155. Maisons de campagne, plans et décorations de parcs et jardins français, anglais et allemands, par Krafft. *Paris*, 1864, gr. in-fol., 291 pl., demi-chagr. rou., tête dor., n. rogné.

156. Ornements, vases et décorations d'après les maîtres, par Péquégnot. 485 pl. diverses in-4.

157. Meubles d'art, œuvres décoratives choisies dans les

collections célèbres. *Paris, Morel, s. d.,* in-fol., planches, demi-chagr. rou., tr. supér. dor., n. rogné.

158. Modèles de marbres. *Paris*, 1875, gr. in-4, 150 pl. en coul., dans un carton.

159. L'Art de découper le bois, le cuivre et l'ivoire, comprenant la marqueterie et la sculpture, par E. Brocard. *Paris, s. d.,* années I à IV, en feuilles, dans un cart, gr. in-fol.

160. Modèles de bois. *Paris*, 1875, gr. in-4, 50 pl. en coul., dans un cart.

161. Modèles de lettres. *Paris*, 1875, gr. in-4, 30 pl. en coul., dans un cart.

162. Modèles d'attributs. *Paris*, 1872, gr. in-4, 40 pl. noires et en couleurs, demi-chagr. rou.

Arts industriels.

163. Histoire des arts industriels au moyen âge et à l'époque de la Renaissance, par J. Labarthe. *Paris*, 1864-66, 4 vol. in-8 de texte et 2 vol. in-4 d'album de 150 pl. dont 119 en chromolithogr., dos et coins de maroq. rou. du Levant, tr. sup. dor., n. rog.
   Première édition. Épuisé. Très-rare.

164. Histoire des arts industriels au moyen âge et à l'époque de la Renaissance, par J. Labarthe, 2ᵉ édition. *Paris*, 1872, 3 vol. in 4, pl. chromolithogr., dos et coins de maroq. rou., tr. sup. dor., n. rogné.

165. Histoire des arts industriels au moyen âge et à l'époque de la Renaissance, par J. Labarthe. 2ᵉ édition. *Paris*, 1872, 3 vol. in-4, pl. chromolithogr., mar. rou. du Levant, dent. intér., doublé de tabis grenat, tr. dor.
   Exemplaire en papier de Hollande. Très-rare.

166. Chefs-d'œuvres des arts industriels, par Philippe
Burty. *Paris, s. d.*, gr. in-8, fig. sur bois (200), demi-
chagr. rouge, avec coins, dos orné, tête dor., n. rog.

167. Les Merveilles de l'art et de l'industrie, par J. Mes-
nard. *Paris*, 1873, gr. in-4, pl. et eaux-fortes, rel.
toile rouge.

168. Le Génie industriel. Revue des inventions françaises
et étrangères, par Armengaud frères. *Paris*, 1851 à
1871, 40 tomes en 20 vol. in-8, fig. et pl., demi-chag.
rouge, tête dor., n. rogn.

169. Les Grandes Usines. Études industrielles en France
et à l'étranger, par Turgan. *Paris*, 1868 à 1870, 9 vol.
gr. in-8, nombr. fig., demi-chagr. rouge, dos orné,
tr. sup. dor.

170. Traité théorique et pratique de la construction des
ponts métalliques, par Molinos et Pronier. *Paris*, 1857,
1 vol. in-4 de texte et atlas in-fol., dem.-chagr.

171. Traité pratique et complet de tous les mesurages,
métrages, jaugeages de tous les corps, 7e édition, par
E. Sergent. *Paris*, 1874, 2 vol. in-8 de texte et atlas
in-4 de 47 pl. grav. renfermant plus de 2,000 fig., br.

172. L'Art du facteur d'orgues, par dom Bédos de Celles.
S. l., 1766, 4 tomes en 2 vol. in-fol., pl., bas. m.
   Bel exemplaire.

173. Éléments de la charpenterie métallique, par Barré.
Paris, Dunod, 1870, 2 vol. in-4 dont atlas, cart. en
toile.

174. L'Art du menuisier, par Roubo. *S. l*, 1769-70, 4 t.
en 3 vol. in-fol., pl., demi-v., dos orné.
   Bel exemplaire très-bien conservé de cet ouvrage devenu rare.

175. La Marbrerie, par Gilbert. *Paris*, 1866, 120 pl. en
1 vol. in-4, demi-chagr. rou., tête dor., non rogné.

176. Motifs de serrurerie. *Paris,* 1874, in-4, pl. (200), demi-chagr. rou., n. rogné.

177. Album des fers spéciaux, par Jacquemin. *Paris,* 1872, in-fol., cart.

178. Rapports des délégations ouvrières, publiés par Arnould Desvernay. *Paris, s. d.,* 3 vol. in-4 illustrés de 1,100 vignettes, demi-chagr. rou., tr. supér. dor.

179. Publications industrielles des machines, outils et appareils les plus perfectionnés et les plus récents, par Armengaud. *Paris,* 1864-75 ; texte tom. 15 à 22, 8 vol. gr. in-8, et atlas 15 à 22, en 5 vol. in-4, demi-rel. toile. (*Le dernier volume est broché.*)

Bijouterie, Orfévrerie.

180. Éléments de bijouterie et de joaillerie modernes et anciens, dessinés par Ch. Schlodhauer. *Paris,* in-4, 48 pl. chromolithogr. par Mathieu, demi-chagr. r., tr. supér. dor.

181. L'Orfévrerie française, les bronzes et la céramique, par Julienne. *Paris,* 1868, in-4, 48 pl., demi-chagr. rou., tr. supér., dor., n. rogné,

182. Trésor de l'abbaye de Saint-Maurice d'Agaune, décrit et dessiné par Ed. Aubert. *Paris, Morel,* 1872, gr. in-4 illustré de lettres ornées, frises et culs-de-lampe, et 45 pl., demi-chagr. r., tr. supér. dor., non rogn.

Céramique.

183. Les Trois Livres de l'art du potier, esquels se traicte non-seulement de la pratique, mais briefvement de tous les secrets de cette chouse qui iouxte mes huy a estée tousiours tenue célée. Du cavalier Piccolpassi Durantoys. Translatés de l'italien en langue françoyse, par Maistre Claudius Popelyn, Parisien. *Paris*, 1861, in-4, pl. (37), dem.-mar. rou., tr. supér. dor.

184. Monographie de l'Œuvre de Bernard Palissy, suivie d'un choix de ses continuateurs ou imitateurs, dessinée par MM. Carle, Delange et C. Borneman, texte par MM. Sauzay et H. Delange. *Paris*, 1862, in-fol., pap. vergé, pl. chromolithogr., dem.-chagr. rou. avec coins, tr. sup. dor., n. rog.

TRÈS-RARE.

185. Calque des vitraux peints de la cathédrale du Mans, publié par Hucher. *Paris, Didron*, 1864, in-fol. max., pl. color., demi-chagr. r., tr. supér. dor., non rogn.

Grande édition, comprenant 100 planches coloriées format grand colombier.

— LE MÊME, fig. noires dans un carton, dos et coins de toile.

186. Vitraux peints de la cathédrale du Mans, par E. Hucher. *Paris, Didron*, 1865, in-fol., pl. (20), demi-rel. toile, n. rog.

Extrait de l'ouvrage *grande édition* ci-dessus.

187. Le Moyen-Age et la Renaissance, par P. Lacroix et Ferd. Seré. *Paris*, 1851, 5 vol. in-4, pl. et chromolithogr., br.

188. Gazette des Beaux-Arts, de l'origine (1859) à décembre 1860. 8 vol. en livr. (*Manque la 1ʳᵉ livraison de 1859.*) — Années 1864 à 1866, tomes XVI à XXI (*moins la livraison de novembre 1865, tome XIX*).

189. Vingt et une livraisons diverses des années 1861, 1862, 1863 et 1867.

OUVRAGES DIVERS

190. Motifs, Rapports et Opinions des orateurs qui ont coopéré à la rédaction du Code civil, publ. par M. Poncelet. *Paris, Didot*, 1867, 2 vol. gr. in-8, br.

191. Nouvelle Jurisprudence et Traité pratique sur les murs mitoyens, par O. Masselin. *Paris*, 1875, gr. in-8, br.

192. Traité de chimie minérale, végétale et animale, par J.-J. Berzélius, traduit par MM. Eslinger et Hœfer. *Paris, Didot*, 1845, 6 vol. in-8, dem.-rel.

193. Traité de chimie technique appliquée aux arts et à l'industrie, par G. Barruel. *Paris, Didot*, 1856-63, 7 vol. in-8, fig., br.

194. Traité de chimie technique appliquée aux arts et à l'industrie, par G. Barruel. *Paris, Didot*, 1856, 7 vol. in-8, fig., demi-rel. chagr. n.

195. Traité de chimie générale, analytique, industrielle et agricole, par MM. Pelouze et Frémy. *Paris, V. Masson*, 1865, 7 vol. in-8, y compris la table, nombr. fig., demi-chagr. rouge.

196. Les Fleurs du ciel, par P. Christian, chromolithogr., par Hangard-Maugé, d'après les dessins de Ciappori. *Paris*, 1860, gr. in-8, demi-chagr., avec coins, dos orné, tête dor., n. rog.

197. Encyclopédie d'histoire naturelle, par Chenu. *Paris*, *s. d.*, 12 vol. gr. in-8, nombr. fig., demi-chagr. rou., dos orné, tête dor., n. rogn.

198. Dictionnaire universel d'histoire naturelle, par Charles d'Orbigny. *Paris*, 1873-74, 14 vol. et 3 vol. d'atlas, ens. 17 vol. in-8, fig. color., demi-chagr. rou., avec coins, tête dor., n. rogn.

199. Les Trois Règnes de la nature, par Chenu. *Paris*, *Hachette*, 1864, in-4, fig., demi-chagr. rou., dos orné, tête dor., n. rogn.

200. Essai de phytomorphie, ou Etudes des causes qui déterminent les principales formes végétales, par Ch. Fermont. *Paris*, *Baillière*, 1868, 2 vol. gr. in-8, pl., br.

201. Les Arbres, études sur leur structure et leur végétion, par Schacht, trad. de l'allemand par E. Morren. *Paris*, 1862, gr. in-8, fig., br. — Le Microscope et son application spéciale à l'étude de l'anatomie végétale, par Schacht. *Paris*, 1865, in-8, fig., br.

202. Phytogénie, ou Théorie mécanique de la végétation, par Ch. Fermond. *Paris*, *G. Baillière*, 1867, grand in-8, br.

203. Traité d'organogénie comparée de la fleur, par P. Payer. *Paris*, *V. Masson*, 1857, 2 vol. gr. in-8 dont atlas, dos et coins de maroq. vert, tr. supér. dor., n. rogné.

204. Traité du microscope, par Ch. Robin. *Paris*, *J.-B. Baillière*, 1871, gros in-8, nombr. fig., cart. toile.

205. Un lot de cinquante-huit brochures relatives à la botanique, par MM. Chatin, Trecul, Michel et Payen, Morren et autres. In-8 et in-4.

206. Dictionnaire de l'Académie française, 6e édit. *Paris, Didot, s . d.*, 3 vol. in-4, br.

207. Dictionnaire de la langue française, par E. Littré. *Paris, Hachette*, 4 tomes en 2 vol. in-4, demi-chag. r.

208. Cosmos, essai d'une description physique du monde, par A. de Humbold, trad. par Faye et Galuski. *Paris, Guérin*, 1866-1867, 4 vol. in-8, dos et coins maroq. r., tr. sup. dor.

209. Atlas du Cosmos, contenant 26 cartes applicables à tous les ouvrages de sciences physiques et naturelles de Humboldt et de F. Arago, dressées par Vuillemin. *Paris, Guérin*, 1867, in-fol., dos et coins de maroq. r., tr. sup. dor.

210. Géographie complète et universelle, par Malte-Brun, *Paris, Morizot, s. d.,* 8 vol. in-8, fig. et cartes color., br.

211. Dictionnaire géographique de la France, par Girault de Saint-Fargeau. *Paris*, 1852, 3 vol. in-4, fig., br.

212. Carte administrative et physique de la France. *Paris, Pilon, s. d.*, coloriée et collée sur toile.

213. Histoire populaire de la France. *Paris, s. d.,* 4 vol. in-8 illustrés, br.

214. Histoire populaire contemporaine de la France, 4 vol. gr. in-8 illustrés, br.

215. Recherches sur les drapeaux français, par G. Desjardins. *Paris*, 1874, gr. in-8, fig. et pl. color., demi-ch. rou., tr. supér. dor.

216. La Souanétie libre, épisode d'un voyage à la chaîne centrale du Caucase, par Raphaël Bernoville. *Paris, Morel*, 1875, in-4, pl., demi-chagr. rou., tr. sup. dor.

217. OEuvres complètes de Démosthène et d'Eschine, trad. par Stievenart. *Paris*, *Didot*, 1861, gr. in-8, br.

218. OEuvres complètes de J.-J. Rousseau. *Paris, Didot*, 1872, 4 vol. gr. in-8, fig., br.

219. Magasin d'éducation et de récréation, publ. par par J. Macé, Stahl, J. Verne, etc. *Paris, Hetzel*, 1864 à 1874 inclus, en 20 vol. gr. in-8 illust., cart. toile, dos et plats ornés.

———

220. The Grammar of ornament, by Owen Jones, illustrated, by examples from various, styles of ornament. *London*, 1856, in-fol., 100 planches en chromolithogr., dem.-maroq. Lavall., avec coins, tr. dor.

Paris. — Imp. Gauthier-Villars, 55, quai des Grands-Augustins.

RED. :

19

graphicom

0 1 2 3 4 5 6 7 8 9 10

MIRE ISO N° 1
NF Z 43-007
AFNOR
Cedex 7 - 92080 PARIS-LA-DÉFENS

BIBLIOTHEQUE
NATIONALE
DE FRANCE

****

CHATEAU
DE
SABLE
1995

www.ingramcontent.com/pod-product-compliance
Lightning Source LLC
LaVergne TN
LVHW021051050726
842519LV00003B/1103